圖書館奇譚

ふしぎな図書館

村上春樹

Kat Menschik——繪
賴明珠——譯

1

圖書館比平常安靜得多。

我那時候因為穿著新皮鞋，因此走在灰色油氈地板上，發出咯吱咯吱乾乾硬硬的聲音。感覺好像不是自己的腳步聲。穿新皮鞋時，總要花很長的時間，才會習慣那腳步聲。

借書櫃檯上坐著一位沒見過的女人，正在讀一本很厚的書。左右寬度非常寬的書。看來好像用右眼讀著右側的書頁，左眼讀著左側的書頁。

「對不起。」我開口招呼。

她啪地發出很大的聲音，把書放在桌上，抬起頭來看我。

「我來還書。」我說，把抱著的兩本書放在櫃檯上。一本是《潛水艇的製法》，另一本是《一個牧羊人的回憶》。

她翻開書的封底，查看借書期限。當然在期限內。我總是確實遵守日期和時間的約定。因為母親經常這樣教我。牧羊人也一樣。因為牧羊人如果不遵守時間的話，羊群會搞不清楚而變得一團混亂。

她在借書卡上使勁地蓋上「還書」的戳印，然後又再開始讀起書來。

「我想找書。」我說。

「下樓梯右轉。」那女人頭也沒抬地說。「一直往前走，107號室。」

2

走下長長的樓梯再右轉，往陰暗的走廊筆直前進之後，確實有一個掛著107號牌子的門。我來過這間圖書館好幾次了，但還是第一次聽說有什麼地下樓。

只是很平常地敲門而已，卻發出像用球棒敲打地獄門般不祥的聲音響徹

周遭。我真想轉身逃回去。但我沒逃。因為我是這樣被教養的，一旦敲過門，就必須等待回音。

我聽見從裡面傳來「請進」的聲音。低沉，而宏亮的聲音。

我打開門。

屋裡有一張小小的舊桌子，後面坐著一個矮個子的老人。臉上有許多小黑斑，就像聚滿了蒼蠅般。老人禿頭，戴著鏡片厚厚的眼鏡。禿的方式不太整潔。白髮就像嚴重的山林火災之後般，扭曲地捲貼在頭的兩側。

「歡迎，同學。」老人說。「有什麼事嗎？」

「我想找書。」我以沒自信的聲音說。「不過如果您忙的話，我可以下次再來……」

「不，不，怎麼會忙？」老人說。「因為這是我的工作，什麼樣的書我都會幫你找。」

說話方式好奇怪，我想。臉長得也不輸那說話方式，好可怕。從耳朵裡長出幾根長長的毛。下顎的皮膚形狀像破掉的氣球般，搭拉往下垂。

「你要找什麼樣的書？同學。」

「我想知道鄂圖曼土耳其帝國的收稅方式。」我說。

老人的眼睛閃閃發光。「哦，原來如此，鄂圖曼土耳其帝國的收稅方式嗎？那個啊，相當有意思。」

3

我覺得非常不舒服。而且老實說，並不是非要知道鄂圖曼土耳其帝國的收稅方式不可。只是從學校回家的路上，不知怎麼偶然順便想到而已。對了，鄂圖曼土耳其帝國，到底是怎麼搜集稅金的？而且從小到現在，如果有什麼事情弄不懂的話，就要立刻去圖書館查，家裡是這樣教我的。

「不過沒關係。」我說。「並不是非要不可，何況是相當專門的書……」

我很想早一刻逃離那個令人不舒服的房間。

「別開玩笑。」老人好像不高興地說。「關於鄂圖曼土耳其帝國的收稅方式的書，這裡就有好幾本。你是小看這家圖書館嗎，同學？」

「不，我沒這個意思。」我急忙回答。「絕對沒有小看的意思。」

「那麼你在這裡乖乖等一下。」

「好的。」我說。

老人從椅子上挺起背站起來後，就拉開房間後面的鐵門，消失到裡面去。我在那裡大約站了十分鐘，等老人回來。幾隻小黑蟲在燈罩背面嗡嗡嗡地盤旋飛舞。

老人終於抱著三本厚厚的書回來。全都是看來非常舊的書，屋子裡散發著陳舊紙張的氣味。

「你看吧！」老人說。「《鄂圖曼土耳其帝國的收稅情況》、還有《鄂圖曼土耳其帝國收稅員的日記》，另外一本是《鄂圖曼土耳其帝國內不納稅運動和其彈壓》。不是都有嗎？」

「謝謝。」我很有禮貌地道謝。然後拿起那三本書，準備走出房間。

老人在我背後開口。「等一下。那三本書都是禁止帶出去的。」

4

仔細一看，果然每一本的書背，都貼著禁止攜出的紅色貼條。

「如果想讀，就請你在後面的房間讀。」

我看看手錶。5點20分了。「可是差不多已經到了圖書館要關門的時間了，而且如果晚餐前不回家我母親會擔心的。」

老人的長眉毛皺成一直線。「閉館時間根本不成問題。因為只要我說可以，就可以。難道你不喜歡我的好意嗎？我到底為什麼把這麼重的書，特地抱了三本過來？哦，為了運動嗎？」

「對不起。」我道歉。「我沒有要給您添麻煩的意思。只是不知道這是禁止借出的書而已。」

老人深深地咳嗽，往衛生紙上呸地吐出痰般的東西。臉上的黑斑因憤怒而顫抖抽動。

「這不是知不知道的問題。」老人說。「我在你這年紀的時候，光是能讀書就很幸福了。說什麼時間晚了，趕不上晚餐，少無聊了。」

「我知道了。那麼我就在這裡讀三十分鐘再走。」我說。我不善於斷然拒絕人家。「不過再久的話，真的不行。我小時候，走在路上時被一隻黑色大狗咬過，從此以後，我稍微晚回家，母親就會急得不得了。」

老人臉上的表情稍微和緩了些。

「你要在這裡讀了嗎？」

「是的。在這裡讀。三十分鐘的話——」

「那麼，到這邊來。」說著，老人向我招手。門後面是陰暗的走廊。壽命即將終了似的燈泡，發出閃爍不定搖搖晃晃的光線。

5

「跟在我後面來。」老人說。

稍微前進一點之後走廊往左右分開。老人往右轉。往前走一會兒，走廊又再分成左右兩邊。老人這次往左轉。幾次又幾次分叉和支線，老人每次都不假思索地往右轉，或往左轉。打開門，又走進另一個走廊。

我的頭腦完全一團混亂。因為市立圖書館的地下有這麼大規模的迷魂陣般的地方，實在太奇怪了。市立圖書館經常為預算不足而傷腦筋，應該連建一個小迷魂陣的餘裕都沒有。我想試著問老人這個問題，不過怕他大聲吼我而作罷。

迷魂陣終於結束，看得見盡頭有一扇大鐵門。門上掛著「閱覽室」的牌

子。周遭靜得像半夜的墳場一般。

老人從口袋掏出鑰匙，邊發出鏗鏗鏘鏘的聲音，邊找出一把鑰匙。形狀古老的大鑰匙。並把那插進門的鑰匙孔，並以煞有其事的眼光瞄了我的臉一眼，然後往右一轉身。發出咯咚一聲感覺很差的聲音。門打開時，發出嘰咿咿咿，非常不舒服的聲音響徹周遭。

「好了。」老人說。「進來吧。」

「這裡面嗎？」

「沒錯。」

「但這裡一團漆黑呀。」我抗議道。門後就像是太空中敞開的洞穴般黑漆漆的。

6

老人朝向這邊，背脊挺得筆直。背脊一挺直，他突然變成個子高大的男人。白色長眉毛下，就像傍晚的山羊般，眼睛閃閃發光。「你的個性是不管什麼事，都非要一一抱怨不可嗎？」

「不，不是這樣。我只是……」

「嘿，囉嗦。」老人說。「找一堆理由，不把人家的好意放在眼裡的傢伙，簡直是人渣。」

「對不起。」我趕緊道歉。「明白了。我進去。」

我為什麼要像這樣，總是說一些、做一些跟自己真正的想法不一致的事情呢？

「裡面馬上就是下樓的階梯。」老人說。「可別跌倒喔，抓緊扶手走下去。」

我在前面慢慢往前進。老人在後面把門關上，周圍變成完全一片漆黑。我聽到鑰匙上鎖的鏗鏘聲。

「為什麼要上鎖？」

「這扇門就是經常要上鎖。這是規定。」

我放棄地走下階梯。很長的階梯。好像可以就那樣通到巴西似的階梯。牆邊附有鏽痕斑斑的鐵扶手。黑漆漆的，看不見一絲光線。

下到樓梯盡頭的地方，才看到後方有微微的亮光。是微弱的電燈光線，但很久沒見到光了，眼睛有點痛。房間深處有人走過來，握住我的手。是穿著羊模樣的小個子男人。

「嗨，歡迎你來。」

「你好。」我說。

7

羊男全身緊緊罩著真正的羊毛皮衣。只露出臉的部分，看來喜歡親近人的兩隻眼睛正探視著我。那模樣跟他很搭配。羊男望了我的臉一會兒，再看看我手上拿的三本書。

「你是不是，到這裡來讀書的？」

「是的。」我回答。

「你**真的**是想到這裡讀書，才來的嗎？」

羊男的說法有點奇怪。我難以開口。

「好好回答啊。」老人像在催促我似地說。「你不是想讀書所以才來這裡的嗎？快回答啊。」

「是的。想讀書所以來這裡。」

「你看吧。」老人像在炫耀勝利般得意地說。

「不過，老師，」羊男說：「他還是個小孩子不是嗎？」

「嘿，少囉嗦。」老人突然從長褲後方口袋抽出一根短柳條來，往羊男的臉上斜斜地咻一聲抽下去。「趕快帶他到讀書室去吧。」

羊男一臉困惑的樣子，但沒辦法於是拉起我的手。因為被柳條抽打的關係，嘴唇邊紅腫起來。「那麼，走吧。」

「要去什麼地方？」

「讀書室啊。你不是說來讀書的嗎？」

羊男在前面帶路，走在狹小的走廊。老人則從我後面跟來。羊男穿著的衣服上，確實也附有短尾巴，走起路來就像鐘擺般搖搖晃晃地跟著往左右擺動。

「好了。」羊男說著，在走廊盡頭站定下來。「到了喔。」

「請等一下。羊男哥，」我說：「這裡，不是牢房嗎？」

「是啊。」羊男說著點點頭。

「你說得沒錯。」老人說。

8

「話不是這樣說的。」我對老人說。「您說要去讀書室，所以我才會跟到這裡來不是嗎？」

「你上當了。」羊男說。

「我騙你的。」老人說。

「怎麼可以這樣……」

「嘿，少囉嗦。」老人說，從口袋拿出柳條來往上一揮。我急忙往後退。

被那種東西打在臉上可受不了。

「別囉哩囉嗦的，快乖乖進去。然後把那三本書好好讀完，全部給我背起來。」老人說。「一個月後我要親自考試。如果能把內容完全背熟的話，我就放你出去。」

「這麼厚的三本書不可能背熟的。而且現在我母親正在家裡擔心我……」我說。

老人露出牙齒，揮動柳條。我身體一閃躲時，那正好打在羊男臉上。老人在氣頭上又再抽了一次羊男。真過分。

「總之把這傢伙丟進裡面去。」這樣說完，老人就走掉了。

「很痛吧？」我試著問羊男。

「沒問題。你看，這種事我已經習慣了。」羊男真的若無其事地說。

「倒是不得不讓你進到這裡面。」

「真討厭，要是我說不想進去這種地方的話，會怎麼樣？」

「那麼，我又會被打得很慘吧。」

我開始覺得羊男很可憐，於是乖乖地進了牢房。牢房裡有簡單的床，有書桌和洗臉臺，還有抽水馬桶。洗臉臺上放著牙刷和杯子。全都稱不上清潔。牙膏是我討厭的草莓口味。羊男把書桌上的檯燈按鈕，開開關關撥弄了幾次。然後轉向我微笑。

「你看，還不錯吧？」

9

「我一天會幫你送三次餐來。三點還會送甜甜圈給你當點心。」羊男說。

「甜甜圈，是我自己炸的。酥酥的非常好吃喔。」

剛炸好的甜甜圈，是我最愛吃的東西之一。

「那麼把腳伸出來。」

我把腳伸出去。

羊男從床下拿出一個看來很重的鐵球來，把那前端所附的鎖鏈套在我的腳踝，上了鎖。並把那鑰匙收進胸前的口袋裡。

「好冰啊。」我說。

「怎麼會？一會兒就習慣了。」

「嘿，羊男哥。我真的非要在這裡待一個月不可嗎？」

「嗯，沒錯。」

「不過會照他說的那樣，如果我能把書背熟的話，一個月後他就會放我出去吧？」

「不，我想可能不會。」

「那麼我到底會變怎麼樣？」

「這個有點難開口。」羊男歪著頭說。

「拜託你，請告訴我真話。我母親正在家裡擔心地等著我。」

「說真的，你的頭會被鋸子鋸斷。然後腦漿會被咻咻地吸光。」

因為太驚訝了，我一時之間什麼也說不出來。然後才終於開口。

「難道就是那個老爺爺要把我的腦漿吸光嗎？」

「就是這樣。」羊男難以啟齒地說。

10

我在床上坐下來，抱著頭。為什麼我非要碰到這麼倒楣的事不可呢？我只不過到圖書館來借書而已呀。

「不要這麼氣餒。」羊男像在安慰我說。「我現在就給你送飯來。你看，吃過熱騰騰的飯，你就會又有精神了。」

「嘿羊男哥，」我說：「為什麼那位爺爺要吸我的腦漿呢？」

「總之，據說裝滿了知識的腦漿，濃稠稠的，也會有一粒粒的，非常美味喲。」

「所以，要預先花一個月時間填滿知識之後，才吸嗎？」

「沒錯。」

「這未免太殘酷了吧？」我說。「也就是說，如果站在被吸的人這邊來看的話。」

「不過，這種事情在每個地方的圖書館都在做著啊。或多或少。」

我聽了覺得一片茫然。「每個地方的圖書館都在做著？」

「因為如果光是借出知識的話，圖書館不是老在吃虧嗎？」

「不過也不能因為這樣，就用鋸子把人家的頭鋸下來吸腦漿，我覺得有點過分。」

羊男一臉為難。「總之，你運氣不好。世間往往會有這種事情。」

「可是，我母親正在家裡擔心地等著我。你能不能悄悄把我從這裡放出

去？」

「不，這樣行不通。如果這樣做，我會被放進裝滿毛毛蟲的缸子裡處罰。裝了大約一萬隻毛毛蟲的大缸子。關禁閉三天喏。」

「那太殘酷了。」我說。

「所以，我不能放你出去。雖然我也覺得你很可憐。」

11

羊男走掉之後，我被獨自留在狹小的牢房裡。我趴在硬邦邦的床上，暗自哭泣了一小時左右。藍色蕎麥殼的枕頭，被眼淚沾濕了一大片。套著鐵球的腳踝感覺非常沉重。

看看手錶，時針正指著6點半整。母親應該在家裡準備晚餐，正等著我回家吧。她一定正一邊看著手錶的針，一邊在廚房裡來來回回地走著。如果到半夜我還沒回家，她可能真的會瘋掉。她是這樣的母親。一有什麼事情，就會一直往壞的方向去聯想。如果不是在腦子裡一直想像著壞事，就是坐在沙發上一直光看電視，二者之一。

7點房門被咚咚地敲響。聲音很小。

「進來。」

房門的鑰匙轉動，一個女子推著推車走進來。光看著她就會讓人眼睛痛起來的漂亮女子。年齡大約和我差不多。手腳和脖子都只要稍微用一點力就會折斷般纖細。長長的直髮像鋪上一層寶石般閃閃發亮。她注視了我一會兒，然後什麼也沒說，就把推車上的食物擺在桌上。她實在太美了，讓我甚至沒辦法開口。

食物看來非常美味。海膽湯、烤鰆魚（澆酸奶油）、白蘆筍拌胡麻、生菜小黃瓜沙拉、剛出爐的麵包捲和奶油。每個盤子都冒著溫暖的熱氣。還有大玻璃杯裝的葡萄汁。把這些擺出來之後，女孩子用手勢對我說話。〈那

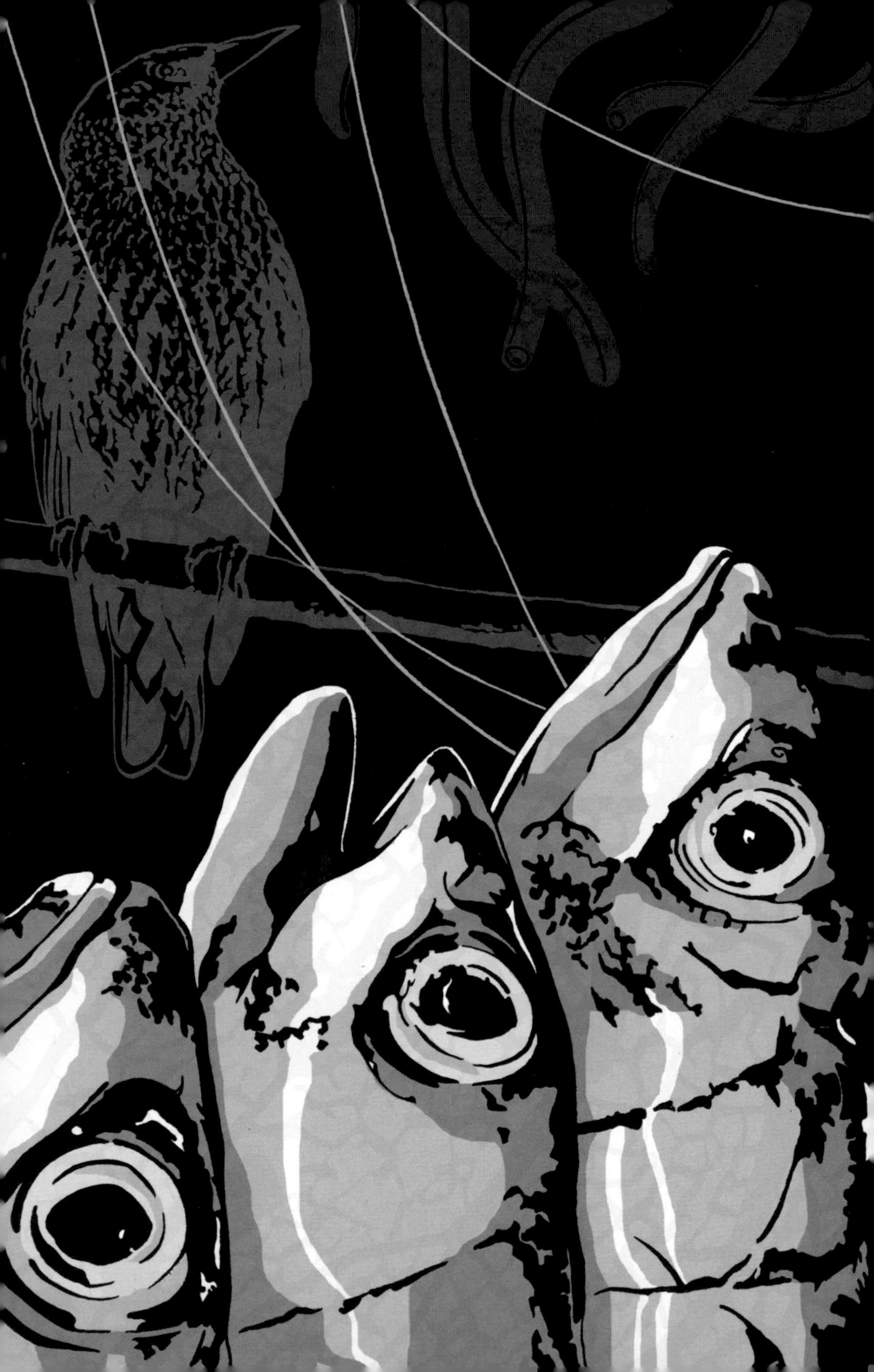

麼，別哭了。吃飯吧。〉

12

「妳無法用嘴巴說話嗎？」我問少女。

〈是的，小時候聲帶被刺破了。〉

「聲帶被刺破？」我驚訝地說。「到底被誰？」

女孩子沒回答這問題。只微微笑一下。不過，那卻是會讓周圍的空氣瞬間變稀薄的美麗微笑。

〈你要體諒他喔。〉女孩子說。〈羊男哥不是壞人。他是個心地善良的人。不過他非常怕老爺爺。〉

「這我當然知道。」我說。「可是……」

女孩子走到我旁邊來，把手放在我手上。她的手小而柔軟。我的心臟差一點就無聲地裂成兩半。

〈飯趁熱吃吧。〉她說。〈因為熱飯一定可以增強你的力量。〉

然後她打開門，推著推車走出房間。動作像五月的風般輕飄。

飯雖然美味，但我嚥不下去，吃不到一半。如果我沒回家的話，母親一定擔心又擔心，頭腦又會變糊塗吧，而我養的椋鳥沒人餵，也可能會餓死。

但我要怎麼從這裡逃出去呢？腳上套著沉重的鐵球，門也被上了鎖。就算能走出這道門外，又如何能穿過那迷魂陣般的長走廊走回去呢？我嘆一口氣，又哭了一下。不過心想光是躺在床上一個人哭，一點也沒幫助，於是不再哭了，把剩下的飯吃完。

13

然後我在書桌前坐下來，決定開始讀書。若要掌握逃出去的機會，首先必須讓對方疏忽大意才行。就裝成乖乖地順從指示吧。話雖這麼說，要裝成那樣並不困難。因為，我本來的個性就是容易乖乖聽話順從指示的。

我選了《鄂圖曼土耳其帝國收稅員的日記》，拿起來開始讀。這本書是以土耳其的古文寫的很難的書，但很不可思議的是，居然能毫不費力而順暢地讀懂。不但這樣，讀過的每一頁，都毫不保留地記進頭腦裡。不知怎麼，感覺腦漿好像突然變稠了似的。

我一邊翻著書頁，一邊化身為收稅員伊凡．阿爾姆多．哈休魯，腰上插著半月刀，為了收稅而遊走在伊斯坦堡的街上。路上散發著水果啦、雞啦、香菸啦、咖啡的氣味，像沉澱的河水般籠罩著周遭。販賣棗椰子、土耳其柑橘的商人們坐在路邊，大聲叫賣著招攬客人。哈休魯是一個性情溫和的人，有三個太太和六個小孩。他家裡養了鸚鵡，鸚鵡也不比椋鳥差，都是可愛的鳥。

晚上9點過後，羊男帶著可可和餅乾來了。

「哎呀、哎呀，真佩服你。已經開始用功讀書了啊。」羊男說。「不過休息一下喝個熱可可吧。」

我暫時放下書本，喝了熱可可，吃了餅乾。

「嘿，羊男哥，」我說：「剛才那個漂亮女孩是誰？」

「你說什麼？什麼漂亮女孩？」

「就是送晚餐來給我的那個女孩呀。」

「這就奇怪了。」羊男歪著頭想後說。「因為晚餐是我親自送到這裡來的啊。那時候你正在床上，一邊哭著就那樣睡著了。就像你所看見的那樣，我只是羊男，不是什麼漂亮女孩呀。」

我難道做夢了嗎？

14

不過第二天傍晚，那位謎樣的少女又出現在我的房間。這次的食物是法國土魯斯香腸配馬鈴薯沙拉、金線魚、芽菜沙拉、大牛角麵包，和蜂蜜紅茶。這也是一看起來就很美味。

〈請慢慢享用。不要剩下喔。〉少女用手勢跟我說。

「請問，妳到底是誰？」我試著問她。

〈我是我，只有這樣而已。〉

「可是羊男卻說，妳不存在。而且——」

少女把一根手指輕輕放在小嘴唇上。我立刻閉上嘴。

〈羊男先生有羊男先生的世界。而我有我的世界。你有你的世界。不是這樣嗎？〉

「是的。」

〈所以就算我在羊男的世界不存在，應該不表示我本身不存在。〉

「也就是——」我說：「這些各種世界，全都在這裡混在一起。妳的世界、我的世界、羊男的世界。有些地方重疊，也有不重疊的地方。是這樣嗎？」

少女輕輕點兩次頭。

我頭腦也不是完全不好。只是被大黑狗咬過之後，轉動方式變得有幾分扭曲而已。

在我面對書桌吃著飯之間，少女坐在床上，一直盯著看我的模樣。她小巧的雙手，規矩地疊放在膝蓋上。看起來就像清晨的光線照射下，纖細的玻璃藝品那樣。

15

「但願妳也能跟我母親和椋鳥見一次面。」我對少女說。「椋鳥頭腦很好很可愛喲。」

少女稍微歪一下頭。

「我母親人也很好。只是，有點過於擔心我了。那是因為我小時候曾經被狗咬過。」

〈什麼樣的狗？〉

「非常大的黑狗喔。戴著鑲鑽石的皮項圈，眼睛是綠色的，腳非常粗壯，有六根腳爪。耳朵尖端裂成兩半，鼻子就像被太陽曬過般茶色的喔。妳有被狗咬過嗎？」

〈沒有。〉少女說。〈好了，把狗的事情忘掉，吃飯吧。〉

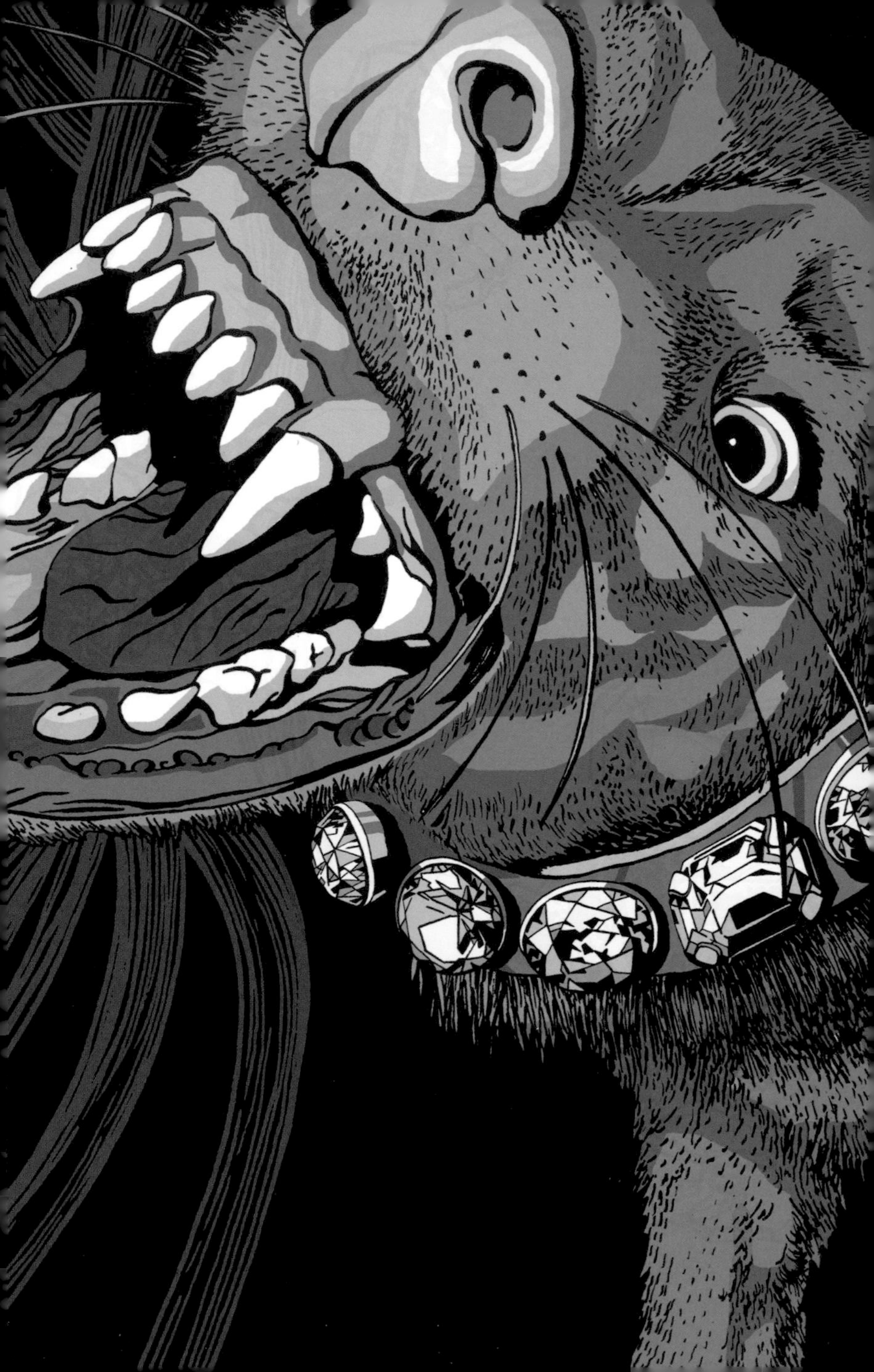

我默默地吃飯。然後喝熱熱的加了蜂蜜的紅茶。於是身體也暖和起來。

「嘿，我必須想辦法從這裡逃出去。」我說。「我母親一定正在擔心，而且我也必須餵椋鳥才行。」

〈你要逃出去的時候，可以帶我一起走嗎？〉

「當然。」我說。「只是，不知道能不能順利。我這腳上套著鐵球，走廊又像迷魂陣一樣。而且如果我不見了，我想羊男哥一定會被虐待得很慘。因為讓我逃掉了。」

〈羊男哥也可以跟我們一起走。我們三個人從這裡逃出去。〉

「羊男哥會跟我們一起來嗎？」

美少女微微一笑。然後就像昨天傍晚那樣從稍微打開的門縫之間飄然消失了蹤影。

16

當我正面對書桌讀著書時，聽見門鎖打開的聲音，羊男端著裝有甜甜圈和檸檬汁的托盤走進房間。

「我幫你帶了上次跟你約好的甜甜圈，剛剛炸好酥酥的很好吃喔。」

「謝謝你，羊男哥。」

我把書闔起來，立刻吃起甜甜圈。外側皮酥，裡面則入口即化般柔軟，真是美味的甜甜圈。

「我這輩子第一次吃到這麼好吃的甜甜圈。」我說。

「這是我自己剛剛做的。」羊男說。「麵粉也是自己揉的。」

「羊男哥如果找個地方開甜甜圈店，我想生意一定會很好喔。」

「嗯，這點我也稍微想過。我想如果能辦得到的話該有多好。」

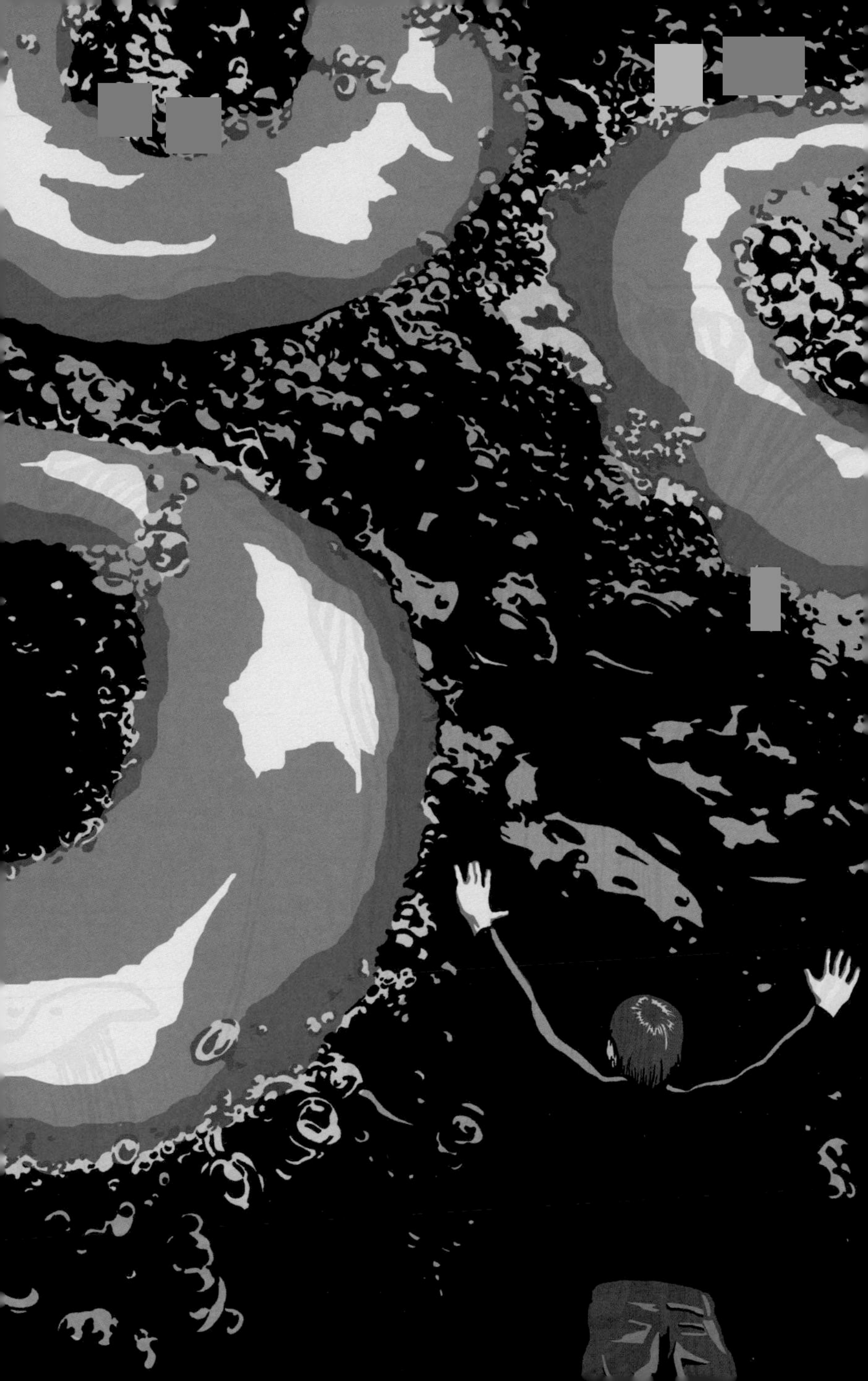

「一定可以。」

「可是，沒有人會喜歡我。我的模樣這麼古怪，而且也很少刷牙啊。」

「我會幫你。」我說。「我幫你賣甜甜圈，跟顧客說話，算帳，打廣告，洗盤子，這些事我全部包辦。羊男哥只要在後面炸甜甜圈就行了。我也會教你怎麼刷牙。」

「要是能這樣就好了。」羊男說。

17

羊男出去之後，我又再開始讀書。在讀著《鄂圖曼土耳其帝國收稅員的日記》之間，我又再化身為收稅員伊凡·阿爾姆多·哈休魯。白天走在伊斯坦堡的大街小巷收集稅金，傍晚回到家就餵鸚鵡。黑夜的天空高掛著剃刀般細細彎彎的白色月亮。聽得見有人在遠方吹笛子的聲音。黑人女傭在房間裡

熏香，拿著小蒼蠅拍般的東西，在我身邊幫我揮趕蚊子。

寢室裡三個妻子中的一個美少女正在等著我。就是為我送晚餐到這裡來的那個少女。

〈月色真美。〉她對我說。〈明天會是新月。〉

我說，該給鸚鵡餵飼料了。

〈鸚鵡不是剛剛才餵過嗎？〉少女說。

「說得也是。剛剛餵過了。」身為伊凡·阿爾姆多·哈休魯的我說。

剃刀般的月光，在少女細滑的肌膚上投下咒文般不可思議的光。

〈月色真美。〉少女重複說。〈新月可以改變我們的命運。〉

「那該有多好。」我說。

18

新月的夜晚，像盲目的海豚般悄悄地靠近來。

傍晚，老人來看看我的情況。看見我正面對書桌熱心地讀著書，老人很高興。

看到他高興，我也稍微感到有點開心。無論如何，我總是喜歡看到別人高興。

「相當不錯。」老人說，喀啦喀啦地抓抓下顎。「進展好像比預料的順利嘛。值得嘉獎的孩子。」

「是的，謝謝。」我說。我也滿喜歡被誇獎。

「如果能早一點把書讀完的話，就可以早一點從這裡出去。」老人對我說。然後豎起一根手指。「知道吧？」

「是。」我說。

「有什麼不滿嗎？」

「是。」我說。「不知道我母親和椋鳥過得好嗎？我很擔心這個。」

「世間平安無事地順利過著。」老人臉色難看地說。「大家全都分別為自己著想。各自繼續活得好好的。你母親很好，椋鳥也很好。全都一樣。世間平安無事地順利過著。」

不太清楚他說的是什麼意思，不過我還是回答「是。」

19

老人走掉後過一會兒，少女來到房間。她跟每次一樣從只開著小小的門縫之間進入房間。

「是新月的夜晚喔。」我說。

少女安靜地在床上坐下。她看起來相當累的樣子。臉色比平常淡，薄薄的好像可以看透到對面的牆壁似的。

〈是新月的關係。〉她說。〈新月會奪走我們周遭的許多東西。〉

「我只有眼睛覺得有點刺痛而已。」

少女看看我的臉輕輕點頭。〈你沒怎麼樣。所以沒問題。一定可以從這裡逃出去。〉

「妳呢？」

〈不用擔心我。我雖然可能無法跟你一起走，不過我後來一定會跟去。〉

「不過妳不在的話，我連回去的路都不認得。」

少女什麼也沒說。走到我旁邊來，只在我臉頰上輕輕吻一下。然後就又從門縫溜出去。我坐在床上，恍惚地楞了很久。被少女吻過之後，我的頭腦非常混亂，幾乎完全無法思考事情。而同時，我的不安也變成不再是那麼特別不安的不安了。所謂不特別不安的不安，終究不是太嚴重的不安。

20

羊男終於來了。手上端著裝滿甜甜圈的盤子。

「嘿，看你一臉恍惚的模樣。身體不舒服嗎？」

「沒有，只是在想一點事情而已。」我說。

「聽說今晚要逃出這裡？也帶我一起走好嗎？」

「當然可以，但你是聽誰說的？」

「剛剛在走廊跟一個女孩子擦肩而過時，她告訴我的。說我也必須跟你一起走。我完全不知道這一帶還有那麼漂亮的女孩子。是你的朋友嗎？」

「嗯，是啊。」我說。

「哦，如果我也有這麼漂亮的朋友就好了。」

「如果能從這裡逃出去，羊男哥一定能交到很多漂亮朋友。」

「能那樣就好了。」羊男說。「如果逃走失敗的話，我跟你都會很淒慘。」

「你說很淒慘，是不是指會被丟進毛毛蟲缸裡去呢？」

「嗯，大概就是這麼回事吧。」羊男臉色黯淡地說。

一想到要跟一萬隻毛毛蟲在缸裡度過三天，就不寒而慄。不過剛炸好的甜甜圈，和少女的吻在我臉頰上所留下的溫暖，把那不安推開了。我吃了三個甜甜圈，羊男吃了六個之多。「如果肚子餓的話就什麼事都辦不成啊。」羊男好像在辯解般說。然後用粗粗的手指，把沾在嘴邊的砂糖擦掉。

21

不知什麼地方的掛鐘敲了9點。羊男站起來啪啪地拍了幾次羊衣服的袖子，讓衣服更貼身。出發的時刻到了。他把我腳上的鐵球解開。

我們走出房間，走在陰暗的走廊。我把皮鞋留在房間，赤腳走著。母親

如果知道我把皮鞋放在什麼地方沒穿回來，可能會很生氣。那是很高級的皮鞋，是生日時母親買給我的。但總不能在走廊發出很大聲音，把老人吵醒。

走到大鐵門為止，我一直還在想著皮鞋的事。羊男就緊挨著走在我前面。手上拿著蠟燭。羊男比我矮半個頭，因此就在我鼻子前面，兩隻耳朵一搖一擺地上下晃著。

「嘿，羊男哥。」我小聲問。

「什麼事？」羊男也小聲回答。

「老爺爺耳朵很好嗎？」

「因為今夜是新月，所以老爺爺現在正在房間裡沉沉地睡著。不過別看他那樣，其實他是非常敏感的人。所以你最好把皮鞋的事忘掉。皮鞋可以換新，腦漿和生命可是無法替代的東西。」

「就是啊。羊男哥。」

「如果老爺爺醒了跑過來，用那柳條咻地抽打我的話，我就沒辦法幫你做任何事了。我會無法幫助你。我被那個一打，就會完全失去自由。」

「那是什麼特別的柳條嗎？」

「嗯，這個嘛。」羊男說，稍微沉思了一下。「不是非常普通的柳條嗎？我也不太清楚。」

22

「不過被那個一抽打，羊男哥就會變得什麼都不能做嗎？」

「是啊。嗯，所以你還是把皮鞋忘掉比較好。」

「好的。我會忘掉。」我說。

我們在長走廊上暫時什麼也沒說地繼續走著。

「嘿。」過一會兒，羊男對我開口。

「什麼事？」

「你忘掉鞋子了嗎？」

「是的，忘掉了。」我回答。不過這麼一來，好不容易忘掉的鞋子的事，又想起來了。

階梯冷冷的，黏黏滑滑的，石階的邊角已經磨圓了。有時會踩到蟲子般的東西。因為是打赤腳，所以在黑暗中踩到不明就裡的蟲子，實在不太舒服。有柔柔的軟綿綿的感觸，也有硬硬的脆脆的感觸。畢竟還是有穿鞋子比較好，我想。

走長階梯到了上面，終於到達鐵門。羊男從口袋裡掏出鑰匙串。

「一定要靜靜地打開。免得吵醒老師。」

「是啊。」我說。

羊男把鑰匙插進鑰匙孔，往左轉。發出喀噠一聲巨大的聲音，鎖打開了。然後周遭響起嘰咿咿咿的刺耳聲音，門扉推開了。一點都不安靜。

「我記得這前面有相當複雜的迷魂陣。」

「嗯，沒錯。」羊男說。「感覺確實好像有迷魂陣的樣子。我想不太起來了，不過總會有辦法吧。」

我聽了這話，有點不安起來。迷魂陣讓人傷腦筋的地方是，自己所選的路到底對不對，不試著走到底是不會知道的。而如果走到底，知道走錯了時，往往已經太遲了。這就是迷魂陣的問題點。

23

果然不出所料，羊男走錯了幾次，好幾次又再倒回頭。不過總算逐漸接近目的地的樣子。有時停下來用手指摸摸牆壁，小心翼翼地舔一舔。或蹲下來，耳朵緊貼著地面聽。又和在天花板上築巢的蜘蛛喃喃地說著什麼。一到轉彎的地方時，就像旋風般團團轉著。那是羊男回憶迷魂陣的路怎麼走的方法。跟一般人的回憶方法相當不同。

在那之間，時間依然不停地過去。接近黎明時分，新月的幽暗似乎逐漸變淡了。我跟羊男都急著趕路。在天亮之前，必須想辦法到達最後一扇門才行。不然老人醒來之後，發現我和羊男不見了，應該會立刻追過來。

「來得及嗎？」我問。

「嗯，已經沒問題了。來到這裡的話，接下來就輕鬆了。」

確實羊男好像想起正確的路了。我和羊男從一個轉角往另一個轉角快步穿過走廊。我們終於走出到筆直的最後的走廊。盡頭有一扇門，從門縫透出微微的光線。

「你看，我不是說過嗎？我會好好想起來的。」羊男得意洋洋地說。

「接下來只要走出那扇門就行了。那麼我們就是自由之身了。」

一打開門，老人就等在那裡。

24

那是我第一次見到老人的房間。圖書館地下的107號室。老人坐在書桌前，緊緊盯著我看。

老人的身旁有一隻大黑狗。戴著鑲寶石的項圈，綠色眼睛的狗。腳很粗，有六隻爪子之多。耳朵尖端裂成兩半，鼻子像被太陽曬過般的茶色。這就是很久以前咬過我的狗。這隻狗的牙齒之間，緊緊叼著變成血淋淋的我的椋鳥。

我不禁小聲尖叫起來。羊男支撐著我的身體。

「我一直在這裡等著你們。」老人說。「你們很慢喏。怎麼搞的？」

「老師，這有很多原因……」羊男說。

「嘿，囉嗦。」老人大聲怒吼，從腰間抽出柳條來，在桌上咻地抽一下。

狗豎起耳朵，羊男就那樣閉嘴。周遭一片寂靜。

「這下子，」老人說：「要如何處置你們呢？」

「新月的夜晚您不是會睡得很熟嗎？」我戰戰兢兢地問。

「呵呵。」老人冷笑。「好個小聰明的小子啊。雖然不知道是誰教你的，不過我可沒那麼好對付喔。你們在想什麼，就像大中午的西瓜田那樣，我一目了然。」

我眼前變成一片漆黑。只因我一時做了輕率的事，連椋鳥都犧牲掉。鞋子也丟了，可能再也見不到母親的面了。

「你！」說著，老人用柳條筆直指著羊男，「我要用鋒利的菜刀把你切得碎碎的，拿去餵蜈蚣。」

羊男躲在我背後，渾身顫抖。

25

「還有你！」老人指著我，「你要拿來餵狗。活生生的，慢慢的被狗吃掉。你會哀聲尖叫，一邊死去。只有腦漿是屬於我的。你沒有好好讀書，所以腦漿的濃稠度可能還不夠，不過那也沒關係。我會好好的吸光。」

老人露出牙齒笑著。狗的綠色眼睛好像很興奮地閃著光。

不過這時候，我發現在狗的牙齒間，椋鳥的身體正逐漸膨脹起來。椋鳥終於變成雞那麼大，像起重機般把狗的嘴推開。狗正要大叫，但這時已經太遲，狗的嘴巴裂開，聽得見骨頭迸裂的聲音。老人急忙用柳條打椋鳥。但椋鳥還在繼續膨脹，終於變成像公牛一般大，把老人逼到牆角。狹小的房間被椋鳥強有力的振翅塞滿了。

〈好了，快趁現在逃出去。〉椋鳥說。但那是少女的聲音。

「那麼妳怎麼辦？」我問既是少女的椋鳥。

〈你不用擔心我。我一定會跟上來。好了，趕快。要不然你會永遠消失掉。〉既是椋鳥的少女說。

我照她的話去做。拉起羊男的手，跑出房間。連頭也沒回。

清晨的圖書館裡沒有人影。我們穿過大廳，從內側打開閱覽室的窗戶，連滾帶爬地衝出外面。邊喘著氣邊跑到公園，兩個人在草地上朝天躺下來。閉上眼睛，呼呼地喘著大氣。很長一段時間我閉著眼睛。

睜開眼時，羊男不在身邊了。我站起來，看看四周圍。試著大聲呼喊羊男的名字。但沒有回答。清晨的太陽將最初的光線照在各種樹木的葉子上。羊男一聲不響地消失無蹤了。簡直就像朝露蒸發了般。

26

回到家，母親正把熱騰騰的早餐擺上餐桌，等著我。母親什麼也沒問我。對於沒有從學校回來的事，和三個晚上到底在哪裡度過、怎麼沒穿皮鞋，母親沒有半句怨言。那對母親來說是非常稀奇的事。

椋鳥不見了。只剩下空空的鳥籠。但對這件事，我沒有問母親什麼。因為我覺得最好不要提起這件事。母親的側臉，看起來影子似乎比平常稍微深一點。不過，可能只是這樣感覺而已。

從此以後，我一次也沒去過市立圖書館。或許我應該去見圖書館的主管，說明我在那裡所遭遇到的事情，告訴他圖書館深處有一個像地下監牢般的房間。如果不這樣做的話，說不定什麼時候可能還會有小孩，碰到跟我一樣的遭遇。不過光是看到黃昏時分圖書館的建築物，就會讓我裹足不前。

有時候我會想起留在圖書館地下室的新皮鞋。想起羊男，想起美麗而無法開口說話的少女。到底到什麼地方是真正發生的事？老實說，我也不清楚。我只知道，我的皮鞋，和我的椋鳥真的不見了而已。

上星期二，母親走了。母親因為原因不明的疾病，在那天早晨，像消失掉般靜悄悄地死掉。舉行過一個小小的葬禮之後，我就變成真正孤獨的一個人了。既沒有母親。沒有椋鳥。沒有羊男。也沒有少女。我現在，在凌晨兩點的黑暗中，一個人，想著那圖書館地下室的事情。孤獨一個人的時候，我周圍的黑暗非常深。簡直就像新月的夜晚那樣。

本作品是由〈圖書館奇談〉改稿而成。
（初次刊登於*Trefle*雜誌1982年6月號～11月號）
改稿後，搭配佐佐木MAKI插畫，於二〇〇五年以《ふしぎな図書館》書名出版。該作未發行中文版。

藍小說 963

圖書館奇譚

作　　者——村上春樹
繪　　者——Kat Menschik
譯　　者——賴明珠
主　　編——嘉世強
編　　輯——邱淑鈴
美術編輯——陳文德
執行企劃——林貞嫻
校　　對——賴明珠、邱淑鈴

董 事 長——趙政岷
出 版 者——時報文化出版企業股份有限公司
108019台北市和平西路3段240號4樓
發行專線—（02）2306-6842
讀者服務專線—0800-231-705・（02）2304-7103
讀者服務傳真—（02）2304-6858
郵撥—19344724 時報文化出版公司
信箱—10899臺北華江橋郵局第99信箱
時報悅讀網——http://www.readingtimes.com.tw
法律顧問——理律法律事務所　陳長文律師、李念祖律師
印　　刷——和楹印刷有限公司
初版一刷——2014年8月8日
初版五刷——2023年9月18日
定　　價——新台幣250元

時報文化出版公司成立於一九七五年，
並於一九九九年股票上櫃公開發行，於二〇〇八年脫離中時集團非屬旺中，
以「尊重智慧與創意的文化事業」為信念。

圖書館奇譚 / 村上春樹著；賴明珠譯. -- 初版. -- 臺北市：時報文化,
2014.08
面；　公分. --（藍小說；963）
ISBN 978-957-13-6034-8（精裝）

861.57　　103014341

FUSHIGI NA TOSHOKAN by Haruki Murakami

ISBN 978-957-13-6034-8
Printed in Taiwan

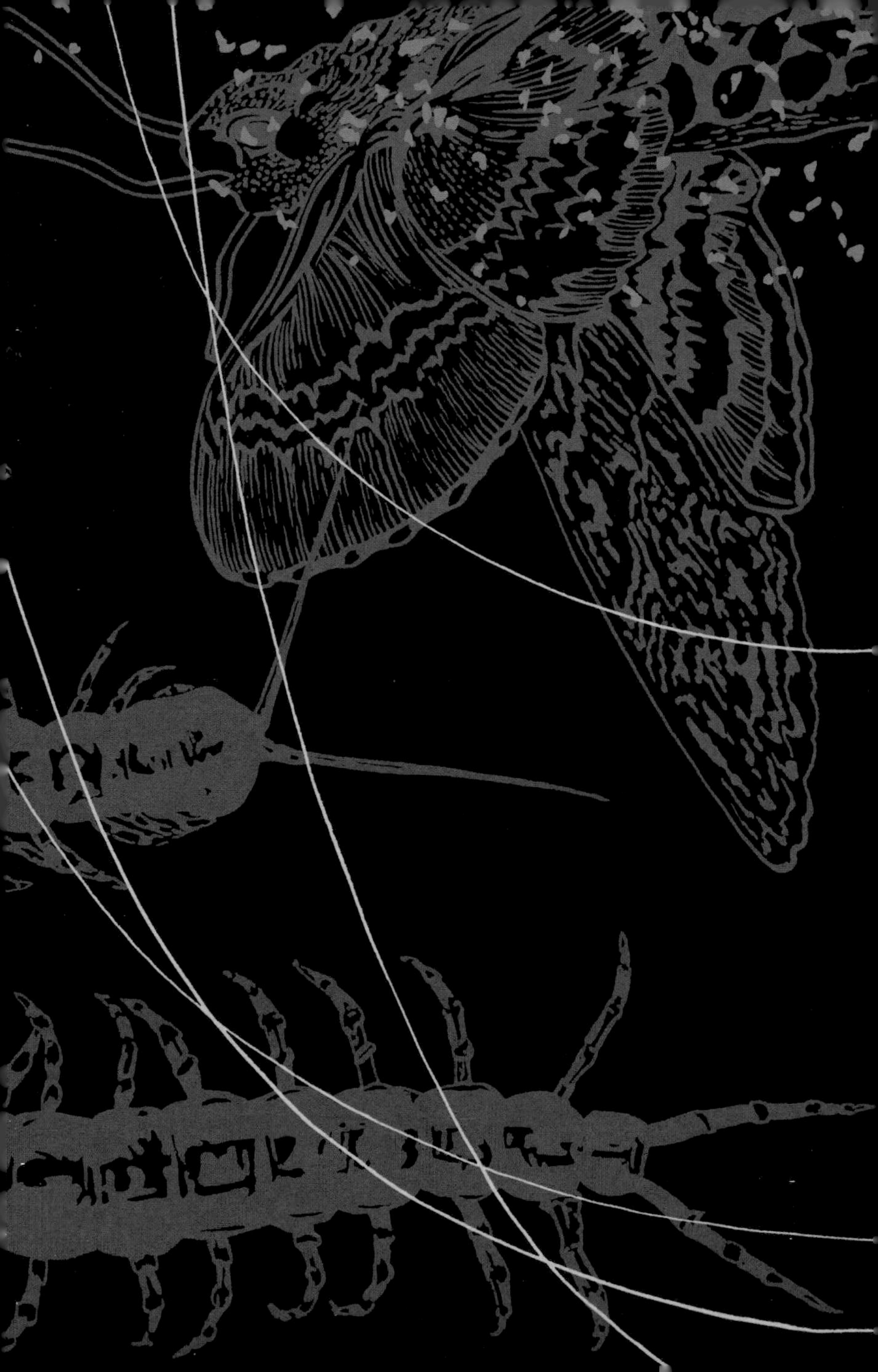